# *Poemas en la*
# Latitud 18.5

**Versión Libre**

Autor: Dr. Rafael Batista Cruz

Poemas En Latitud 18.5
Autor: Dr. Rafael Batista Cruz

Ilustración de Portada Solution by Design.
Eddie R. Hernández Sierra, presidente.
Juan Carlos Peña Martínez Ilustrador.

# Dedicatoria

Dedico este libro de poemas a mi hermano el Dr. Miguel Virella Espinosa, quien siempre me ha motivado a seguir hacia delante sin importar las tempestades. Desde que nos conocimos en la lucha por alcanzar un grado doctoral en la universidad, hemos mantenido esta hermandad de canal abierto de comunicación, siempre cotejando los hornos de los ensayos e investigación.

Hemos navegado por diferentes temas históricos salvando grandes olas en la buena discusión con otros compañeros, pero nunca me imaginé que tendría que zarpar en esta embarcación del poemario contra viento y marea. Donde día a día como navegante descubro rimas y pensamiento, gracias, hermano por ser el faro de luz, el viento impulsor de mis letras, hermanos somos en la historia, de lucha y corazón entre las letras.

# Índice

# Flor de Maga

Mirando tú rostro símbolo de mí patria bella
a ti esplendida flor como las estrellas,
que nadie puede dominar ni siquiera la bota extranjera
eres ejemplo al mundo de tu majestuosidad.

Joya de mi tierra que vives en la montaña
seduciendo al agricultor,
mujer que corta tu flor para su cabello embellecer
enaltece su rostro como un bello amanecer.

Mis indios Tainos te descubrieron oculta en un malojal
salieron en tu defensa al ver los barcos del invasor a nuestra tierra llegar,
pues tus pétalos son resistentes en esta lucha desigual
al grito del indio pidiendo libertad.

Tu pistilo amarillo y tu bella flor de forma singular
han permanecido por siglos como gesto de lealtad,
Boricua como el canto del coquí
en esta tierra sagrada nadie te podrá vencer.

Autor: R. B. Cruz

## Negritud

Recuerdo a mi abuela
cuando me llevaba de la mano,
ahí descubrí muy temprano
que yo era negro entre sus manos en esta ciudad.

Ella decía que era un fenómeno natural
unos blancos, otros negros que más da,
pero yo sabía la realidad
que no era igual.

Lo sentía en la escuela y en la universidad
cuando leía aquellos poemas de Fortunato Vizcarrondo,
que decían ¿y tu abuela a dónde está? cuando todos me gritaban ¡Negro!
yo le decía con mirada fija, frente en alto, soy Boricua con capacidad.

Hoy vivo con eso, es mi pura realidad
sigo siendo orgulloso, ciudadano de esta nación,
diciéndole al mundo soy libre, soy negro, sin cadenas
por donde fluye la libertad en un mundo desigual.

Autor: R. B. Cruz

# Libertad

Mis ancestros la añoraban
secuestrados en un barco,
transportado como reses a otro mundo inesperado
sangre, dolor del fiero látigo del amo abusador.

De generación a generación
fue pasando la palabra libertad,
entre el carimbo y las cadenas
dejando una eterna huella.

Mucho tiempo ha pasado desde aquella época, nada ha cambiado
seguimos prisioneros en ese mismo barco,
escuchando los lamentos, cadenas, sentimientos,
gritando libertad con el mismo clamor.

Las cadenas del noventa y ocho todavía no se han desatado
siguen dejando marcas en corazones desgarrados,
al grito desesperado de mi gente buena,
liberen estas cadenas de esta isla solitaria que solo tiene una estrella.

Autor: R. B. Cruz

# Océano

Llego a ti llanura azul, con el pensamiento abrumado
desesperado, cansado, desilusionado,
como los gigantes blancos que caminan y se reflejan en ti
buscando en tu profundidad la esperanza de una verdad.

Respiro tu arroma tan agradable
cuando el viento enfurecido lo arranca de tus entrañas,
ese perfume tan peculiar
que es un bálsamo de esperanza.

Tú gran fuerza golpea las rocas en protesta por este hurto
sin que nada puedas hacer,
pues esto pasa minuto a minuto
en cada amanecer.

Hoy te sigo observando como testigo, no como juez
soy un grano de arena que sufre tu quejido,
el malestar de este mundo
que sigue girando, aunque yo lo vea al revés.

Autor: R. B. Cruz

# Pasión

Cuantos buenos momentos tú y yo hemos pasado
en aquellas frías madrugadas,
en aquel viejo cuarto
entre sabanas y gemidos al compás del sudor.

Las gotas de sudor eran interminables
pues el calor nos acercaba al infierno,
pero que dulce era estar contigo, que bellos aquellos recuerdos
pues mientras más me besabas yo entraba a las puertas de tu puerto.

Ambos en un frenesí de total amor
mientras tú cual abeja extraías de mí,
todo el néctar de mi flor
que al compás de tu zumbido entre quejido y quejido yo vibraba como un tambor.

Todo queda en el recuerdo
todo está en mi imaginación,
de aquellos momentos eternos
donde tú y yo entregamos todo por la pasión que nos conectó.

Autor: R. B. Cruz

# Laberinto

Soñar
Correr,
Volver
Beber.

Triste pensar
Triste olvidar,
Triste caminar
Triste desesperar.

Desilusión olvido
Desilusión mintiendo,
Desilusión latido
Desilusión sentido.

Caminar sin destinos
Caminar sin alientos,
Caminar sin olvidos
Caminar sin momentos.

Autor: R. B. Cruz

## Lucha de Amor

Mientras el viento pasa las páginas de mi cuaderno
mi lápiz impregna con carbón tu blanco lienzo,
va dejando entre trazos, marcas, sueños y deseos
de un amor jurado sin más testigos que el cielo.

Lucho con el viento obstinado a no darme tregua
pero mi lápiz, con mi puño firme ha dominado la escena,
mi lápiz sudado, cansado, cual guerrero sigue dejando huellas
de un amor eterno, rasgado en tu piel blanca en estos cortos versos.

Dicen que el tiempo pasa y todo se va olvidando
no es cierto,
pues siguen dentro de mí
aquellos viejos recuerdos de buenos momentos.

Aunque el mundo siga girando y el viento importunando
es la vieja lucha del Quijote y sus molinos adorando a su Dulcinea,
siempre con su frente en alto, sin importarle en la batalla
el destino de un alma con momentos de destrozo.

Autor: R. B. Cruz

## Amor en Juego

Es cierto, que jugabas con mi corazón
te diré que yo también lo hacía en cada encuentro de amor,
que pensabas, que yo no me daba cuenta, que yo era una marioneta,
cuan muñeco sin destino, perdido en ti como un juguete de niño.

Que risa me da tu ignorancia
que falso tu amor en aquellos besos,
que tu cuerpo yo recorría
jugando a falsedades sueños y mentira.

Tú, creías en mí y yo también en ti
cuan montaña de amor que se deslizo como la nieve,
por los caminos y veredas
cual pájaro voló desde muy pequeño.

Ese fue nuestro amor, casi una mentira eterna
basada en promesas falsas juramento sin nobleza,
de encuentros físicos, no espiritual
mintiendo los dos en un mundo de ira.

Autor: R. B. Cruz

# El Yunque

Montañas fabulosas habitáculos de nuestros indios
en ti el viento enfurecido golpea tus inmensas rocas,
pero tú cuan coloso imponente erguido sobre las demás
demuestra tus dominios, aunque el viento sople y sople
sin parar.

La lluvia se confabula con el señor huracán
tratando de despeinar,
tus árboles en su plena majestuosidad
que con orgullo te vemos por encima de las demás.

Luego de tantos años
y de tanta adversidad,
los vientos inesperados del señor huracán
su primo el señor onda que no se cansa de visitar.

Sigues erguido vigilando
a esta noble población,
aunque el viento sople y sople en plena tempestad
tu grito se escucha al viento, "por aquí no han de pasar".

Autor: R. B. Cruz

# Reloj

Todas las noches escucho el clac,
clac de mi reloj,
como también siento
los latidos de mi corazón.

Mi respiración es lenta y mi visión no es muy clara
como en los años de mi juventud,
que no me importaba nada
ni siquiera mi novia con aquella preciosidad.

Solo le pido a mi reloj, más tiempo
para completar mi misión,
pues sé que él no perdona
aunque pida clemencia y demuestre mi razón.

Hoy te sigo mirando desde mi viejo lecho, postrado,
descargando mi intelecto,
pidiendo tiempo y más tiempo en suplica constante
dame, aunque sea un instante para plasmar estas letras
liberar mi alma según marca tus compas, para sentirme
en plena libertad.

Autor: R. B. Cruz

## Añoranza

Salí un día aterrado de esta situación
tomando un bus aéreo,
sin importarme
amigos, familia, mascotas y menos mi nación.

Que terrible peregrinar en estas tierras
que he arribado,
con un leguaje igual pero extraño
al que no estoy acostumbrado.

La comida de estos hermanos es picante y colorida
cual barco a la deriva,
navego en este mar desconocido
por haber tomado tan mala decisión.

Hoy quiero volver
a mi cien por treinta y cinco,
pero no puedo, mi honor lo he comprometido
mi alma está pérdida, mi corazón está sin sentido.

Autor: R. B. Cruz

# Tus Ojos

Que par de esmeraldas contemplo todos los días
que cautivan mi vida,
llenándola de esperanza
en este mar tan bravo y sombrío.

Son como el latido de mi corazón vibrante
que en tu profundidad abates,
todas mis amarguras y temores
viendo en tus ojos tiernos estas bellas noches.

Ese verde que radias esperanzas
cuan pradera de sombra y frescura,
que voy entrando en tu mente
no como un demente, si no como un macho cabrío.

Que suerte tenerte a mi lado con esos ojos tan verdes
como un faro marcando el camino a un barco perdido,
que extravió su rumbo hace muchas noches
y tú como puerto seguro perdonas sin ningún reproche.

Autor: R. B. Cruz

# Olvido

Viejo amor que en mi mente está encerrado en el archivo del olvido
eres como el aceite de olivo,
que en las noches te vas escurriendo
lentamente en mis sueños.

No sé porque vuelves, me tientas con aquellos buenos momentos
si ya te olvidé y te dije que no volvía,
tú perseveras todavía en el confín de mi mente
para tratar de estar presente en toda mi vida.

Lucho y lucho contra ti para que no me hagas un demente
no quiero volver a verte, aunque pase mil años,
ya no te recuerdo
me perturbas todas las noches y yo no soy tú dueño.

Fuiste tú la que me abandono, tomaste otros rumbos, un camino mejor
sin importarte mi sentimiento y corazón,
quédate en el olvido, sal de mi sueño, no más pesadilla
recoge tu momento de alegría, vete por Dios y olvida.

Autor: R. B. Cruz

# Aliento

Respiro y respiro
como todos los días,
tan simple que damos por sentado
en el giro de la vida.

Es el ser humano
que no da crédito a la simpleza,
pensando que en la naturaleza
todo fue dado.

Cuan complejo el mundo
de esta aparente existencia,
competimos todos los seres vivos
por esta burbuja conocida.

Si no cuidamos la burbuja que nos da la vida, ¿Cuál será nuestro destino?
¿Qué camino tomaremos? quizás, lleguemos al cielo eterno, quizás al mismo infierno,
hoy miro desde lejos este derrotero
cuando el mundo sigue girando en mi último aliento.

Autor: R. B. Cruz

## Soledad

Hoy abrí los ojos,
no sé si fue un sueño, pesadilla o realidad
de la vida en el desierto al caminar
sentado en esta triste soledad.

Cuan caballero andante
en rumbo con los elementos,
un vacío del alma
corazón y sentimiento.

Mi armadura está vacía, mi escudo desecho
de tantos encuentros debilitado por el tiempo,
una espada inservible, un arco que no tenso
peleando esta batalla es mi triste realidad.

Mis amigos los interesados, no queda ninguno a mi lado
solo mi viejo caballo que me lleva a todos lados,
mi cuaderno, aquel lápiz del recuerdo
solo espero en este cuarto mi partida con mi último encuentro.

Autor: R. B. Cruz

# Imprudencia

Hoy mi corazón está muy triste
me embarga la impotencia,
de no poder cruzar el abismo azul
que nos separa de esta imprudencia.

Ríos de lágrimas
en los ojos de mi bella acompañante,
al sentir que su hija y nietos
están en esa tierra Horripilante.

Aquel que se mostraba con rostro angelical
el engaño planeaba sin misericordia y sin piedad,
ha pasado lo inevitable, los gritos, miradas feas,
pues se ha dictado la separación por una sentencia.

Es mejor que sigan por distintos caminos,
tener un descanso los dos del infierno vivido
cuanto me entristece esa realidad que vives, solo te digo
la vida continua,
frente en alto, que el mundo sigue adelante.

Autor: R. B. Cruz

# El Juicio

Mi defensa es el lápiz
papel y las letras,
de una injusticia cometida
en lo alto de la sierra.

Fui, como juez a dictar una sentencia
evalué las pruebas de tu posible inocencia,
gritaban culpable, los documentos lo demuestran
yo seguí indagando en las letras de tú inocencia.

Profundamente respire y dicte sentencia
esto no es un robo, alarmando a la audiencia,
pues parece que se armaría una
revuelta como pequeña guerra.

Tranquilos, tranquilos, déjenme explicar
este solo ha sido un intercambio entre la abeja y la flor,
cosas de la naturaleza, así que doy por terminado este juicio
concediendo a los implicados inocentes por clemencia.

Autor: R. B. Cruz

# El Grillo

Entre el quejido del grillo y la soledad
van pasando las horas crueles del tiempo sin parar,
el espejo no perdona cuando mi rostro se acerca a él
como los surcos del campo arado, que está listo al amanecer.

Hoy respiro nada más puedo hacer, solo escuchar al grillo en su triste peregrinar
cuando las horas están marcando mi camino sin piedad,
mi edad sigue avanzando según marca el reloj
pues el tiempo no perdona es la triste verdad.

Aunque el grillo siga gritando por la eternidad
el sol seguirá iluminado,
mi alma y pensamiento
pues es mi parecer.

Cuantas canas en mi cabello, a veces pienso que el grillo las cuentas
diciéndome que se acerca el fin de una vida de proezas,
solo él sabe las madrugadas en mi cabeza, por eso me desveló con su grito
dictando en mi cuaderno la triste realidad.

Autor: R. B. Cruz

# El Kan

El perro del vecino ladra y ladra todas las noches
de día descansa, claro pues trabaja de noche,
pienso que es una protesta en rebeldía por estar amarrado
para que su dueño se dé cuenta que él quiere ser liberado.

Noche a noche
esto continua es algo inadecuado,
que uno debe aguantar de un vecino que no quiere trabajar
y está en su casa de vago.

Esta noche será igual
más ladridos, más protestas de otros vecinos,
yo cuan cerca de ese kan, lo miro y él me dijo
que el vago despierte, me suelte para no importunar más.

Al fin mi vecino lo comprendió
y el día que lo soltó,
ese kan
lo prometido cumplió.

Autor: R. B. Cruz

# El pajarillo defecador

El pajarillo defecador
ya me tiene cansado,
manchándome el auto
cada vez que lo lavo.

A veces tomo la escopeta
para dejarlo sin cabeza,
pero pienso
su familia vendrá en venganza a llenarme el auto de excreta.

Un día decidí mover mi auto
para evitar esta imprudencia,
pero cual sorpresa la mía que el pajarillo me siguió dejándome su evidencia
pues mi idea no resulto, hasta compre una cubierta.

Días pasaron no hubo rastro del pajarillo y sus huellas
no lo había manchado, así que quite la cubierta,
esa noche pensé, que el pajarillo se había olvidado
pero en la mañana cuando fui a mi auto, su regalo me había dejado.

Autor: R. B. Cruz

# Bayi

Ahí estas como todas las noches
vigilante en el sillón de la abuela,
eres blanca, manchas negras y ojos verdes
quien se desvela de noche y de día duerme.

Una nieta te trajo a la casa
con aquella alegría,
todos te recibimos con cariño y caricias
tú gata indomable, rebelde te volverías.

Han pasado tantos años de aquel momento de arribo
hoy sigo mirándote en mis noches de escritura,
se ha calmado tú amargura de aquellos viejos tiempos
gata orgullosa que ni volteas a verme.

Yo te sigo alimentando
a ti malagradecida,
tú sigues vigilando la casa entre intrusos y entrometidas
yo te hablo, tú maúllas, en estas eternas noches conmigo
amanecerías.

Autor: R. B. Cruz

# Nina

Pequeña doncella de cuatro patas
que alegras la vida al caminar,
ojos cantores, rostro amable
saltando de alegría a la hora de cenar.

Tú rabo bate y bate el viento sin cesar
como abanico enfurecido,
combatiendo el calor del hogar
saciando tú sed en un pequeño manantial.

Corres de lado a lado al sentir mis pasos
es el éxtasis de un reloj,
que marca la hora de la satisfacción
al sonido del alimento llegar.

Verte expresar tanta ternura de un fiel guardián
aunque cuerpo pequeño,
pero corazón gigante
esperando una caricia residual.

Autor: R. B. Cruz

# Susurro

El susurro del viento me levanta
de esta pesadilla,
cuan pájaro sin alas de no poder volar
por este gran temor de no olvidar.

Mil cosas vinieron a mi mente
tal vez no debí despertar,
para seguir divagando contigo
en el placer de la soledad.

Yo no me explico cómo me convertí
en otro ser en esta pesadilla,
lo único que recuerdo es tú perfume y hasta tu sonrisa
en esta niebla oscura donde no hay nada que dar.

Seguí caminando por el sendero de tu olor
maldije mi sueño en mi pesadilla,
verte tendida en la cama fría, yo estaba tieso
tu a lagrima viva, corazón roto de un susurro sin piedad.

Autor: R. B. Cruz

## Gracias

## Esta inspiración continuara.

www.ingramcontent.com/pod-product-compliance
Lightning Source LLC
LaVergne TN
LVHW020544160826
845677LV00015B/4184

* 9 7 9 8 3 5 2 5 5 9 3 3 8 *